Rendezvous mit Afrika

Erinnerungen von Karl-Heinz Haselmeyer

Sie werden denken, da ist jemand fünfmal als Tourist in Afrika gewesen und meint dann, er könne schon ein Buch über Afrika schreiben. Darin haben Sie recht, aber ich schreibe nicht über „das Afrika", sondern über mein Afrika, das ich schon als Kind liebte, als ich Afrika nur aus Zigarettenbildern kannte. Nach meiner Volljährigkeit dauerte es noch lange, 14 Jahre mit Geldsorgen, einer gescheiterten Ehe und Sorge für zwei Kinder, bis ich die Liebe meines Lebens fand und mir mit frischem Elan auch die Sehnsucht nach diesem Kontinent erfüllen konnte. Afrika war für mich Abenteuer, eine teilweise noch ungebändigte Natur, kurz ein Gegenbild zu unserer technisierter Zivilisation.

Voller Vorfreude informierten wir uns. Um gesundheitliche Gefahren zu minimieren, machten wir eine Malariaprophylaxe und versorgten uns mit Mückenspray sowie Sonnencreme mit hohem Schutzfaktor. Wir wälzten Kataloge und wählten schließlich Kenia aus, es war damals das preiswerteste Angebot. Dann war es soweit, wir flogen von Frankfurt nach Mombasa.

Uns war bewusst, dass dieser Tourismus zwei Gesichter hat. Er gibt Arbeit und bringt Devisen ins Land. Es kommen aber auch gut gestellte Europäer in ein sehr armes Land, noch dazu in ein Land, das in der Geschichte von Europäern gedemütigt wurde und viel Leid erfahren hat. Selbst der gute Wille, der dortigen Bevölkerung auf Augenhöhe zu begegnen, kann die Unterschiede in der gesellschaftlichen Stellung nicht verwischen. Wir versuchten, diesem Umstand Rechnung zu tragen, indem wir uns einige Worte und Floskeln in der Landessprache aneigneten.

Der erste Kontakt mit Afrika war beeindruckend. Schon am Flugplatz erwartete uns ein Gewimmel von freundlichen Gesichtern gut gelaunter Menschen. Bei der Passkontrolle lächelte uns ein sehr schwarzes Gesicht an und sagte in englischer Sprache: „Sie haben ein falsches Formular, ein altes“, nach einer kleinen Pause, „auch falsch ausgefüllt“, es folgte ein breites Lächeln, „nicht schlimm, das sieht sich keiner mehr an.“ Damit legte er es zu anderen Formularen auf einen Haufen und wir durften gehen. Es kann sein, dass dieser Vorgang wohl nicht so wichtig war, doch er hat mich sehr beeindruckt. Es kann auch sein, dieser Flughafenangestellte hatte mich freundlich auf den Arm genommen. Immerhin konnte ich mir schwer vorstellen, dass mir in Europa ähnliches passieren würde.

Das Hotel war, wie nicht anders erwartet, ein Touristenghetto, aber es lag direkt am Strand. Die Halle und der Speisesaal überdacht mit einer mächtigen hohen Kuppel aus Knüppelholz wirkten „afrikanisch". Das Zimmer war nett mit Möbeln aus Holzgeflecht eingerichtet, die Betten hatten Moskitonetze und ein kleiner Balkon mit Sicht auf das Meer war auch vorhanden. Eine Liegewiese mit großem Pool war zwischen Palmen eingebettet. Ein Stück Strand war den Touristen vorbehalten und wurde bewacht. Ging man etwas am Strand entlang, wurde man von Verkäufern und Animateuren belagert. Die Abwehr dieser armen Leute, die sich einen kargen Lohn erhofften, erzeugte Unbehagen und verdeutlichte die Kluft, die nicht zu überwinden war. Man möchte freundlich sein, aber Freundlichkeit wird als Bereitschaft zu diversen Geschäften angesehen. Schon der erste Ausgang am Strand offenbarte, dass es ratsam war, die geschützte Zone am Hotel nicht zu verlassen. Ein Anzeichen alter Ausbeuterstrukturen zeigte sich am Strand, wenn Arm in Arm alte weiße Männer mit sehr jungen einheimischen Frauen und europäische Frauen im Rentenalter mit einheimischen jungen Männern promenierten. Da lag die Vermutung nahe, dass diese Paare nicht beidseitige Zuneigung zusammengeführt hatte. Das hat nichts mit der unterschiedlichen Hautfarbe zu tun, auch in Touristenhochburgen in ärmeren Ländern mit hellhäutiger Bevölkerung ist so etwas zu beobachten. Mich störte die Ausbeutung materieller Not und in diesem Zusammenhang wurde es sichtbar. Bei echten Paarbeziehungen sollten Hautfarbe und Kulturkreis kein Hindernis sein. Abgesehen davon, dass ich meinen Kindern bei der Partnerwahl keine Vorschriften gemacht hätte, wären mir Hautfarbe und Abstammung kein Kriterium gewesen, obwohl mir bewusst war, dass sehr unterschiedliche Herkunft durch unterschiedliche soziale Prägung eine Partnerbeziehung beeinträchtigen kann. Ich glaube, alle Menschen sind unterschiedlich, sehr unterschiedlich, und gleichzeitig sind sie im Wesentlichen gleich, die Farbe der Haut oder der Geburtsort machen keinen echten Unterschied. Viele Menschen sehen das sicher anders, denn mit den geschichtlichen Entwicklungen in verschiedenen Regionen dieser Erde haben sich auch Vorurteile tief eingegraben. Jedenfalls sollte jeder begreifen, wo auch immer er auf unserer schönen Erde lebt, es gibt keine unterschiedlichen Menschenrassen, wenn sich auch das Aussehen sehr unterscheiden mag! Blutübertragungen und Organverpflanzungen sind zwischen Europäern, Chinesen, Indianern und Afrikanern keine Schwierigkeiten. Wir haben alle dieselben Urmütter.

Die Mahlzeiten im Hotel waren eine wahre Schlemmerei. Umsorgt von freundlichen jungen Einheimischen wurde eine reichhaltige Auswahl verschiedener Speisen angeboten. Die Kluft zwischen dem Überfluss, der den Touristen geboten wurde, und ihren eigenen Lebensverhältnissen musste für das Bedienungspersonal gelinde gesagt irritierend gewesen sein, ansehen konnte man ihnen das nicht. Unsere wenigen Bruchstücke in der Landessprache, besonders von meiner Frau, hatten große Wirkung, es war wohl nicht alltäglich, dass Touristen sich dem Personal zuwandten. Schon bald hatten wir eine bevorzugte Bedienung, Liegen wurden früh für uns mit Auflagen und frischen Handtüchern reserviert und es wurde nach Wünschen nachgefragt. Wir kamen auch mit einem jungen freundlichen Mann, der uns bediente, ins Gespräch. Er erzählte uns, wo er wohnt, und von seiner Familie. Er zeigte mir auch, wie man eine Mango teilt, und lachte sehr über meine Befürchtung, dass er sich mit dem großen scharfen Messer, das er dazu verwendete, in die Finger schneidet. Meine Erwartung, seine Freundlichkeit uns gegenüber hätte auch den Grund ein gutes Trinkgeld zu erwerben, erwies sich als falsch, denn als ich ihm beim Abschied etwas mehr Geld als üblich zustecken wollte, meinte er: „Von euch nicht“, und wollte das Geld nicht nehmen. Er nahm es erst, als ich sagte, das wäre ein Geschenk für seine Kinder.

Wir hatten fünf Tage Strandurlaub und warteten schon ungeduldig darauf, endlich ins Landesinnere aufbrechen zu können. Doch die Tage vergingen schnell mit mehrmaligem Schwimmen am Tag, ausgedehnten Mahlzeiten und kurzem Sonnenbaden. Abends gab es folkloristische Veranstaltungen.

Dann war es so weit, früh um fünf Uhr wurden wir geweckt, der Frühstücksraum war noch recht leer, draußen warteten zwei Safaribusse. Unser Gepäck wurde verstaut und wir stiegen ein. In unserem Kleinbus waren wir sechs Personen, ein frisch vermähltes junges Paar, zwei Männer im Rentenalter aus dem Rheinland, wie es an ihrem Tonfall leicht zu erkennen war, und meine Frau mit mir. Am Steuer saß ein etwas älterer Afrikaner und ein junger mit Mikrofon begrüßte uns in englischer Sprache. Es begann erst hell zu werden und das so spezielle Licht Afrikas verzauberte die Landschaft. Es ging durch einen kleinen Ort mit Verkaufsbuden, die noch geschlossen waren. Auf der Straße waren an diesem schönen Morgen noch wenige Menschen zu sehen. Gleich hinter dem Ort fuhren wir an einem prächtigen Affenbrotbaum vorbei und dann weitete sich vor uns ein offenes Buschland mit hohen Schirmakazien. Es dauerte nicht lange, dann sahen wir die ersten Tiere, zuerst einige Thomson-Gazellen, ein Sekretär stakste nah an der Fahrbahn und ein kleiner Schakal huschte vor dem Safaribus vorbei. Unser erstes Ziel war der Tsavo Park West. Im Park beobachteten wir große Herden von Gnus, Zebras und sogar Hirschantilopen. Der junge Ehemann sah hinter einem Busch einen großen grauen Rücken und rief aufgeregt: „Ein Nashorn!“ Es war aber falscher Alarm, ein großes Warzenschwein kam aus dem Dickicht. Zu Mittag machten wir Halt bei einer Verpflegungsstelle. Schon einige Safarifahrzeuge waren geparkt und auf Tischen waren Gedecke vorbereitet. Wir stellten uns bei der Essensausgabe an und bekamen Fleisch, Gemüse und einen Brei aus Süßkartoffeln. Es mag allein meine Voreingenommenheit sein, ich registrierte lachende und freundliche dunkelbraune Gesichter und hellhäutige Touristen, die misstrauisch in den fremden Speisen stocherten. Mir schmeckte das Essen ausgezeichnet, aber besonders gefiel mir der Ausblick in die schöne afrikanische Landschaft. Wir saßen auf einer Anhöhe, die einen weiten Blick auf das zu unseren Füßen liegende Land erlaubte. Ich genoss die Vitalität und Ursprünglichkeit, die mir dieses Landschaftsbild bot. Diese Region war noch nicht bezwungen von dem Eingriff der Menschen, große Teile schienen noch widerstanden zu haben. Daheim in Europa haben die Menschen der gesamten Natur Fesseln angelegt bis auf kleine Gebiete geschützter Urwälder. In den heimischen Wäldern und im Gebirge, die ich beide sehr liebe, bekommt man oft das Gefühl in freier Natur zu sein, obwohl dort die gestaltende Hand der Menschen nicht zu übersehen ist. Unsere Wälder sind von Menschen gebändigt, durchzogen von asphaltierten Straßen und befestigten Wegen. In den Bergen durchschneiden Skilifte die Bergflanken und tieferliegende Seen sind umbaut von Ferienhäusern und Hotels, ganz abgesehen von unseren Städten, wo unübersehbare Flächen überbaut sind und der Erdboden versiegelt ist. Natürlich gibt es auch in Afrika diese großen Städte, die europäischen Städten nacheifern, auch hier haben die großen Menschenmassen keinen Platz für unberührte Natur. Aber es gibt glücklicherweise noch große Naturreservate, in denen sich die Natur entfalten kann. Die Menschen, die in Dörfern in oder an diesen Reservaten leben, bekommen sicher auch die Nachteile einer ungezwungenen Natur zu spüren, wenn Haustiere gerissen werden oder wenn Elefanten die Felder zertrampeln. Es ist wohl so, jede Schönheit hat auch eine dunkle Seite.

Wie schon gesagt, lag diese Verpflegungsstelle etwas erhöht und auf einer Seite hatte man eine herrliche weite Sicht. In der Ferne konnte man sogar den Kilimandscharo ahnen, dem wir während der Weiterfahrt noch näherkommen sollten. Bei guter Sicht auf diesen majestätischen Berg hielten wir an, damit jeder mit aller Ruhe fotografieren konnte. Bei diesem Anblick wünschte ich, einmal dort aufsteigen zu können, ich habe es mir jahrelang vorgenommen, doch leider ist es nie dazu gekommen.

Vor kurzen sah ich einen Film über die Besteigung des Kilimandscharo und die alte Sehnsucht keimte auf. Nun bin ich wohl leider schon zu alt dafür und Flugreisen nur zum Vergnügen sind im Anbetracht des Zustandes unserer Erde fragwürdig geworden. So wird es wohl für immer nur ein Traum bleiben.

Die berühmten „roten“ Elefanten sahen wir auf dieser Fahrt leider nicht. Die Nacht verbrachten wir im Klaguni -Serena Camp in perfekt ausgestatteten landesüblichen Hütten. Wir genossen noch vor der Hütte den Sonnenuntergang, um dann bei der schnell hereinbrechenden Dunkelheit wunderbar unter dem Moskitonetz zu schlafen. Das nächste Ziel war Nairobi, wo wir zu Mittag aßen, am Nachmittag etwas durch Nairobis Straßen fuhren und dann zum Übernachten in das Tamarind Tree Hotel gebracht wurden. Die Fahrt durch Nairobi in dem bunten Getümmel einer Großstadt war zwar eindrucksvoll, aber da wir den Bus nicht verließen und die Stadt nur durch das Autofenster genießen konnten, war der Genuss eingeschränkt.

Am frühen Morgen ging es weiter zur Massai Mara, wo wir gegen Mittag die Mara Sopa Lodge erreichten. Dort verbrachten wir in Rundhütten zwei Nächte. Eine junge Afrikanerin brachte uns zu unserer Hütte. Die Betten in der Hütte waren durch zwei Nachtschränkchen getrennt. Ich fragte auf Englisch, ob ich die Betten zusammenschieben und die Nachttische seitlich neben die Betten stellen könne. Die junge Frau nickte bejahend, fing an zu kichern, legte ihre Hand auf den Mund und ging hinaus. Draußen hörten wir dann lustiges Lachen, und als wir aus der Hütte traten, winkten uns junge Frauen lachend zu.

Bei Ausfahrten sahen wir im Fluss viele Nilpferde und in der Nacht hörten wir laute Geräusche der grasenden Giganten. Wir trafen auch die ersten rot gekleideten Massai. Diese hochgewachsenen Menschen bieten einen schönen, stolzen Anblick, aber der Gedanke, dass sie mit ihrem Kampf um ihre traditionelle Kultur auf verlorenem Posten stehen, machte mich fast traurig.

Bei meinen Versuchen mir die Geschichte Afrikas zu erschließen, hatte ich immer wieder die Erkenntnis, dass es Europäer waren, die über die Geschichte berichteten, natürlich aus europäischer Sicht. Der Einfluss der Europäer ist aus der Geschichte Afrikas nicht wegzudenken, auch nicht die oft verheerenden Folgen. Dennoch meinen viele Geschichtsschreiber, der Einfluss von Europa hätte Entwicklung und Fortschritt gebracht. Bevor Europäer Afrika in Besitz nahmen, war die afrikanische

Geschichte bestimmt keine heile Welt, sicher gab es Unterdrückung und Leiden, auch durch alte gewachsene Kulturen. Für viele dieser alten Kulturen gibt es keine schriftlichen Überlieferungen und so sind Zeugnisse von ihnen sehr bruchstückhaft. Für das Überlegenheitsgefühl der weißen Rasse besteht bei kritischer Betrachtung kein Anlass. Wer meint, sich über Kultur, Glauben, auch über Aberglauben erheben zu können, sollte die eigene Kulturgeschichte und den eigenen Glauben kritischer in Betracht ziehen.

Diese Gedanken kamen mir, als ich am Abend mit einem der Einheimischen, der mit zwei anderen in der Nacht das Camp bewachen musste, ins Gespräch kam und wir uns über Weltpolitik und afrikanische Gegebenheiten austauschten. Er sprach ausgezeichnet Englisch. Er sagte mir, dass er über die Geschichte seines Landes nur sehr spärlich unterrichtet sei. Er habe von Hochkulturen gehört, aber ein Geschichtsunterricht habe in der Schule nicht stattgefunden. Ich sprach meine Verwunderung aus, dass wir die ganze Nacht von bewaffneten Männern bewacht wurden. Wie er mir darauf mitteilte, seien die bewaffneten Wachen durchaus notwendig, da die nachts grasenden Nilpferde sehr gefährlich wären, sie seien mit die gefährlichsten Tiere Afrikas und viele tödliche Unfälle gingen auf ihr Konto.

Der nächste Tag war einer ganztägigen Safari vorbehalten. Nun sahen wir den ganzen Tierreichtum. Unser kleiner Bus fuhr sehr dicht an ein Löwenrudel heran. Glücklich wurde mir bewusst, dass ich es mir als Kind nie hätte träumen lassen, echte Löwen zu sehen. Ein männlicher Löwe schlenderte dicht an dem Fahrzeug vorbei und hob verachtungsvoll sein Hinterbein. Wir hätten noch länger beobachtet und fotografiert, doch es kamen weitere Wagen und unser Führer wollte lieber weiter. Nach dem Picknick zur Mittagszeit fand unser Führer mit dem Fernglas Geparden und wies den Fahrer an näher heranzufahren. Es waren drei Tiere, die in einer Reihe vorwärts strebten, und unser einheimischer Begleiter erklärte, dass sie auf Jagd wären. Die Tiere teilten sich dann auf und beschleunigten. Wir verloren sie kurz aus den Augen, und als wir wieder ein Tier zu Gesicht bekamen, hockte es über einer gejagten Antilope, der es die Kehle zudrückte. Nach einiger Zeit richtete der Gepard sich auf und bellte in sehr hohen Tönen. Er rief nach geglückter Jagd seine Kameraden.

Wir bewunderten Giraffen, an die wir nah heranfahren konnten. Wenn man aus der Nähe zu ihnen hinauf guckt, glaubt man kaum, dass Blut so hochgepumpt werden kann.

Es gab große Herden mit Gnus und Zebras. Ich weiß nicht, ob andere Beobachter meinen Eindruck teilen, Gnus sehen in meinen Augen albern oder besser töricht aus, ich weiß nicht recht warum, jedenfalls kann ich bei den Bocksprüngen junger Gnus nicht ernst bleiben.

Nach der zweiten Nacht in diesem Camp machten wir eine Frühpirsch und brachen nach dem anschließenden Frühstück zur Weiterfahrt zum Lake Naivasha im Rift Valley auf. Nach dem Mittagessen in der Sopa Lodge hatten wir den Tag zur Verfügung. Ich benutzte die Gelegenheit und machte mit unserem Guide eine kleine Tour zu Fuß am Ufer des Sees. Am Ufer sonnten sich Krokodile, wir hielten einen größeren Abstand zu den Tieren, denn sie können selbst an Land ziemlich schnell werden. Er erzählte mir von einem Freund, der versucht hätte nach Europa zu kommen und von dem er nichts mehr höre. Ich sagte ihm, das Schleusen sei meist ein schmutziges Geschäft und würde von Kriminellen betrieben. Sehr viele Menschen seien schon im Mittelmeer ertrunken, da zu viele in unzureichenden Schiffen zusammengepfercht würden und Europa nicht erreichten. Die Geretteten hätten es dann auch noch nicht geschafft und viele würden zurückgeschickt. Ich erklärte ihm auch, es könne sein, er fände das seltsam, aber ich glaube, Europa wäre in weiter Zukunft im Niedergang und die Zukunft läge in Afrika, wenn erst einmal die Auswirkungen des Kolonialismus überwunden wären, es sei denn, dass unser Erdklima nachhaltig gestört würde und die tropischen Länder am meisten darunter zu leiden hätten.

Am nächsten Tag fuhren wir in den Amboseli Nationalpark. Nach sehr schönen Pirschfahrten mit unzähligen Tierbeobachtungen übernachteten wir in der Tukai

Lodge. Morgens brachen wir auf und fuhren zum Tsavo Ost Nationalpark, wo wir dann auch Elefantenherden zu Gesicht bekamen. Bei dem Anblick dieser schönen klugen grauen Riesen stockte mir der Atem. Nach der Übernachtung im Satao Camp fuhren wir leider im Anschluss an eine letzte Pirschfahrt zurück nach Mombasa. Neben den wunderschönen Erlebnissen hatte ich auch reichlich Filmmaterial und Fotografien im Gepäck. Ich wusste aber auch, es war nicht das letzte Mal, dass ich zu der Wiege der Menschheit zurückkehrte. Ich wünschte mir, die nächste Reise sollte Kenia und Tansania einschließen.

Daheim waren meine Gedanken noch viel bei dem Erdteil weit im Süden. Ich wusste, dass ich nur das Afrika, das den Touristen gezeigt wird, gesehen hatte. Mit wachsamen Augen konnte man auch Armut sehen, aber dorthin, wo Menschen auf der Flucht sind und wo Menschen nicht nur hungern, sondern auch verhungern, dahin kamen keine Touristen. Ich versuchte, meine Kenntnisse über die afrikanische Geschichte zu vervollständigen. Gern hätte ich etwas über das Geschichtsverständnis von Afrikanern in Erfahrung gebracht, doch das war recht schwierig. Selbst Geschichtsliteratur, die in Afrika veröffentlicht wurde, bezog sich meist auf Ergebnisse europäischer Forscher. Gemeinsam war wohl die Feststellung, dass sich in Afrika aus dem Homo erectus der anatomisch moderne Mensch, der Homo sapiens, entwickelte, der sich im Laufe der Zeit nach Europa und Asien ausgebreitet hatte. Dementsprechend entdeckte man auch die ältesten Steingeräte, die zwei bis drei Millionen Jahre alt waren, in Afrika. In Nordafrika befand sich im Niltal eine der ersten bekannten Hochkulturen. Daneben gab es noch kaum erkundete Hochkulturen in der heutigen Türkei und in Indien. Auch in Ost- und Südafrika waren bedeutende Kulturen so wie im Gebiet des heutigen Sudan, damals Nubien oder Kusch genannt. Nubische Pharaonen haben für eine Dynastie über ganz Ägypten geherrscht. Auch das Reich der Königin von Saba soll sich über Teile des Horns von Afrika bis in den Norden Äthiopiens erstreckt haben. Karthago im heutigen Tunesien war um die Mitte des 1. Jahrtausend v. Chr. die herrschende Großmacht, bis sie in den Punischen Kriegen von Rom abgelöst wurde. In Westafrika gab es auch Hochkulturen wie zum Beispiel die Ashanti und die Haussa. Es gibt Funde, dass die Eisenverhüttung in Afrika lange vor Europa schon bekannt war. Später wanderten arabische Stämme in Nordafrika ein. In den folgenden Jahrhunderten wurde Nordafrika fast vollständig islamisiert, der Sahel, West- und Ostafrika teilweise. Im 9. bis 15.Jahrhundert entwickelten sich im heutigen Mali mächtige unabhängige Königreiche. Nach der sogenannten Entdeckung Amerikas wurde Afrika für Europäer als Quelle für Sklaven interessant. Ein erheblicher Anteil der Bevölkerung in den südlichen USA, Südamerika und auf den Inseln der Karibik ist afrikanischer Abstammung. Die Menschen stammten meist aus einheimischen Königreichen, aus denen sie verschleppt wurden. Der Handel wurde von arabischen Händlern beherrscht. Der Transport mit den Sklavenschiffen geschah mit europäischen Schiffen unter unvorstellbaren Bedingungen, wobei oft nur die Hälfte der entrechteten Gefangenen überlebte. Mit dem Aufkommen des Imperialismus wuchs das Interesse europäischer Großmächte an diesem Kontinent und der Wettlauf um

Land in Afrika führte innerhalb von 20 Jahren zur Besetzung fast der gesamten Gebiete. Auf der Kongokonferenz 1884 in Berlin wurde der größte Teil Innerafrikas zwischen europäischen Mächten mit willkürlichen Grenzen aufgeteilt. Einheimische Kulturen wurden entmündigt und unterdrückt. Deutschland tat sich in diesem Zusammenhang mit dem ersten bekannten Völkermord an Herero und Nama sehr unrühmlich hervor.

Im Zuge der Dekolonisierung Afrikas wurden mehrere Staaten um 1950 unabhängig. Willkürliche Grenzziehungen in der Kolonialzeit und einseitige Wirtschaftsausrichtung führten dazu, dass die politische Lage der meisten Staaten instabil war und dass autoritäre Regime vorherrschten. Es fehlten tragfähige demokratische Strukturen. Dadurch fiel ein großer Teil der natürlichen Reichtümer des Kontinents der Korruption zum Opfer, beziehungsweise wurde von internationalen Konzernen abgeschöpft. Außerdem leidet Afrika an einer unterentwickelten Infrastruktur und in Verbindung mit dem Klimawandel an klimatischen Problemen. Damit ist vieles angerissen und es lohnt sich, sich damit näher zu beschäftigen.

Zusammen mit meinem Schwager habe ich Ägypten besucht und eine Schiffsfahrt auf dem Nil unternommen. Ägypten zählt zwar nicht zu Afrika, stand aber schon immer mit afrikanischen Kulturen im Austausch.

Viele der Tempelanlagen standen auf dem Programm und hinterließen einen tiefen Eindruck. Leider konnte ich es auf dem Schiff nicht unterlassen, von den schön angerichteten Salaten zu essen und bekam die Quittung in Form einer schweren Verdauungsstörung. Wir besichtigten auch Kairo und die von Touristen belagerten Pyramiden. Ich musste feststellen, dass auf mich die Menschen im Norden des Kontinents, Ägypter und Araber sehr viel fremder wirkten als die Menschen im Inneren Afrikas, oft empfinde ich sie sogar als bedrohlich, ein Gefühl, das ich sonst in Afrika nie gehabt habe.

Meine Frau hatte sich von meiner Sehnsucht nach Afrika anstecken lassen und so flogen wir wieder nach Mombasa, um von dort ausgesuchte Naturparks zu besuchen.

Wir flogen in einer Cessna weiter nach Arusha in Tansania. Der Flug war ein zusätzlicher Genuss, insbesondere, als wir nah am Kilimandscharo vorbeiflogen. Dieser wunderschöne Bergkegel mit einer weißen Kappe mitten in Afrika hatte mich schon auf unserer ersten Reise sehr beeindruckt.

Der Garten des Hotels in Arusha war voller blühender Bäume und von dort hatten wir einen schönen Ausblick auf den Mount Meru, ebenfalls ein alter Vulkan und 4567 Meter hoch. In dem schönen Garten des Hotels wurden uns Kaffee und Kuchen serviert. Ein junger Mann in der Uniform des Hotels war mit einem langen Stock dazu abgestellt, die sich in den Bäumen tummelnde Affenhorde zu verjagen. Einige Affen kamen von dem Baum herunter und lenkten die Aufmerksamkeit unserer Bewachung auf sich. Von der anderen Seite sprang ein Affe über eine am Tisch sitzende etwas korpulente Frau, wobei er ihren Hut herunterriss, schnappte sich ein Stück Kuchen, und ehe jemand reagieren konnte, war er schon wieder auf dem Baum. Die Frau schrie laut. Aus dem Hotel eilte sogleich ein Kellner herbei, beschimpfte den Aufpasser, säuberte den Tisch und entschuldigte sich.

Wir machten eine kurze Ausfahrt zu einer Kaffeefarm, dabei kamen wir an einem mächtigen Affenbrotbaum vorbei. Dann machten wir einen Ausflug zum Lake Manyara. Auch dort sahen wir schöne Bäume, große Schirmakazien, den Flammenbaum, Kandelaber Kakteen sowie Leberwurstbäume und es wimmelte dort von Pavianen. Zuerst sahen wir Giraffen und Impalas, dann trafen wir auch auf viele Elefanten. Wir kamen an großen Herden Wasserbüffel vorbei, Herden von Gnus durften natürlich nicht fehlen und nahe den Gnus war eine Ansammlung von Marabus zu sehen. Nach einem herrlichen Sonnenaufgang am Lake Manyara, der den Horizont über dem See blutrot färbte, fuhren wir weiter in Richtung Serengeti, kamen an kleinen Dörfern vorbei und hatten Kontakte zu der Bevölkerung. In der Serengeti nächtigten wir 3 Tage im Seromera Wildlife Lodge. Diese traumhaft schöne Lodge wurde von einer englischen Architektin in einen Granitfelsen hinein konstruiert.

Die Tage in der Serengeti waren angefüllt mit Pirschfahrten und Picknicken in der freien Natur. Wir konnten in Ruhe Löwenrudel beobachten und filmten sie an der Tränke. Ein schönes Foto bekamen wir von den Hinterteilen von vier Löwendamen aus der Nähe, die sich wie aufgereiht nebeneinander zum Trinken zur Wasserfläche hinunterbeugten. Gut geschützt im Safaribus mussten wir die Löwen nicht fürchten und konnten sehr nah an die Tiere heranfahren, auch schienen sie sich von uns nicht gestört zu fühlen. Da machte sich wohl doch Gewöhnung an den Tourismus bemerkbar. Wir sahen sogar einen Leoparden, der sich in einem Baum ausruhte. Im weiten Land unter Schirmakazien grasten Thomson-Gazellen, Impalas. Kuhantilopen und Topis. Von den grasenden Topis stand eines der Tiere meist auf einem kleinen Hügel und hielt wie versteinert Ausschau.

Am anderen Morgen hatten wir wieder das Schauspiel eines blutroten Sonnenaufgangs. Das Licht in Afrika begeisterte mich von Tag zu Tag. Ich fand, es ist anders als das Licht in Europa, kann aber nicht erklären, woran das liegt. Den Unterschied nahm ich rein gefühlsmäßig wahr, doch meine Liebste sagte, sie fühle das ebenfalls. An diesem Tag sahen wir viele Elefanten und eine große Sippe von Tüpfelhyänen. Ein großer Marabu ließ sich von dem nahenden Safarifahrzeug nicht aus der Ruhe bringen und der Fahrer musste ausweichen. Nach dem Abendbrot hörten wir afrikanische Lieder. „Jambo habari jako, habari gani.“ Das Licht hinter den Schirmakazien erstarb und der blaue Himmel färbte sich gelblich mit einem Strich Orange am Horizont. Auf der letzten Fahrt in der Serengeti beobachteten wir jagende Löwen, das Leittier trug ein Halsband. Später erblickten wir einen Geparden, der mit seinen drei Jungtieren spielte. Die vielen kleineren Tiere, die wir sahen, kann ich nur kurz erwähnen. Wir betrachteten viele Vögel, auch die beeindruckenden Kolonien aus Nestern der Webervögel, eine Rotkopfmangame, Schakale und noch viele andere einheimische Kleintiere, die meist weniger Beachtung fanden. Später kamen wir an mächtigen Termitenhügeln vorbei und gegen Abend beobachteten wir noch die Spiele der Nilpferde.

Die drei Tage gingen zu schnell vorbei und unsere Fahrt führte uns weiter zu der Olduvai Schlucht, wo man Schädel von Urmenschen gefunden hatte, die dort vor 1,75 Millionen Jahren gelebt hatten. Lange Zeit war man der Meinung, dass sich der moderne Mensch vor rund 2 Millionen Jahren in Ostafrika entwickelt hat. Zwar fand man verteilt über den ganzen Kontinent Relikte von Steinwerkzeugen, die mehr als 2 Millionen Jahre alt waren, aber man konnte sie keinen Funden von menschlichen Knochen zuordnen. Das änderte sich in jüngster Zeit, als man in Marokko, und zwar in Irhoud, Schädelfragmente und Knochenteile von modernen Menschen fand und deren Alter mit ungefähr 3 Millionen Jahren bestimmen konnte. Verwunderlich war, dass diese Fundstellen von denen in Ostafrika durch die Wüste getrennt waren. Neuere Forschungen zeigen, dass die Sahara zeitweise begrünt und fruchtbar war, unterbrochen von Trockenperioden. Es ist zu vermuten, dass dieser Wechsel der Vegetation dazu beitrug, die Evolution der Frühmenschen voranzutragen.

Über Holperstraßen kamen wir an einem Dorf der Massai vorbei und erreichten den Ngongoro Krater. In 2300 Metern Höhe am Rande des 600 Meter tieferliegenden Kraters hatten wir vom Balkon des Hotels einen weiten Ausblick. Am kommenden Tag ging es zu einer Ganztagssafari hinunter in den Krater. Im Krater fuhren wir zuerst an einen kleinen See mit Flamingos, Nilpferden und Krokodilen. Ich frage mich, woher in diesem tiefen Krater mit hohen Seitenwänden Krokodile kommen, sie müssen doch über Land eine große Strecke eingewandert sein. Ich fragte unseren Reiseführer, aber der war auch ratlos. Am Ufer des Sees grasten Zebras und einige Antilopen. Bei der Weiterfahrt passierten wir eine Herde mit Kühen, die von Massai bewacht wurden. Danach sahen wir Riesentrappen und nun Nashörner. Es waren Spitzmaulnashörner oder auch Schwarze Nashörner genannt. Unser Fahrer fuhr vorsichtig näher. Ein Nashorn fühlte sich von uns gestört und nahm Fahrt auf. Mit einem Aufschrei gab der Fahrer Gas, dass sich die Räder durchdrehten. Es war aber nur ein kleiner Galopp des urtümlichen Tieres, nach wenigen Metern blieb das Nashorn stehen. Wir sahen noch viele andere Tiere, auch ein Löwenrudel. Der Krater war sehr belebt, obwohl er auch von Massai als Weide genutzt wird. Mittags hatten wir ein Picknick, das von den Begleitern sehr lecker zubereitet war. Bei der Weiterfahrt beobachteten wir eine Herde Elefanten, denen sich ein kleines Nashorn angeschlossen hatte. Es ging am Schluss der Herde, hielt aber Kontakt. Als die Sonne sank, fuhren wir aus dem Krater hinaus und konnten dann vom Balkon den Sonnenuntergang beobachten. Meine Frau hatte sich mit einer der Putzfrauen durch einige Worten in der Landessprache angefreundet, sie fragte, wie heißt du und wie geht es der Familie. Der Rest der Unterhaltung war dann Zeichensprache. Am folgenden Morgen begrüßte die Putzfrau uns freudig mit Franziska laut durch das ganze Treppenhaus rufend. Sie ließ sich sogar fotografieren, obwohl es einen Aberglauben geben soll, dass ein Foto einen Tag des Lebens kostet. Bei unserer Abfahrt winkte die Afrikanerin uns laut Franziska rufend nach.

Wir fuhren nun Richtung Tarangire Nationalpark vorbei an blühenden Baobabs. Im

Nationalpark kamen wir an großen Elefantenherden vorbei. In diesem Park übernachteten wir in Zelten. Abends nach der Mahlzeit saßen wir zusammen am Feuer und sangen. Ein Einheimischer spielte Gitarre. Der Text war sehr einfach und wir stimmten in den Gesang mit ein. Es wurde wieder ein sehr farbenprächtiger Sonnenuntergang. Doch die Nacht in den Tropen bricht sehr schnell an. Als wir dann zum Schlafen im Zelt lagen, brüllten ganz in der Nähe Löwen. Ein seltsames Gefühl, Löwen so nah und wir hatten nur dünne Zeltwände zu unserem Schutz. Seltsam aber, dass ich keinerlei Angst fühlte und sich mein Frauchen leicht beruhigen ließ. Wir hielten uns an den Händen und lauschten, bis wir einschliefen. Wir schliefen dann tief und fest bis zum hellen Morgen, an dem wir von Stimmen vor dem Zelt geweckt wurden. Unsere Reisegruppe hatte sich schon um die aufgestellten Frühstückstische versammelt. Bei der Ausfahrt am kommenden Tag sahen wir vorwiegend Elefanten, aber auch Warzenschweine, Impalas und Perlhühner. Ein Baum war voller Webervögel-Nester.

Zurück in Arusha konnte unser Flugzeug nicht starten, da es in Mombasa stark regnete. So hatten wir noch einen Tag Zeit und besuchten einen Kindergarten. Die Kinder sangen uns ein Lied vor. Diese ernsthaften Kindergesichtchen waren hinreißend, in Gedanken wünschte ich, dass Afrika ihnen einmal später gerechte Chancen bieten möge.

Nachmittags konnten wir starten und landeten an der Südküste Kenias. Auf einem verrotteten Seelenverkäufer setzten wir in einer Traube von Menschen über zur Diana Beach. Von dort machten wir noch einen Ausflug zu den Shimba Hills. In einem bewaldeten Gebiet sahen wir Säbelantilopen und Giraffen. Auf der Rückfahrt fuhren wir noch in das kleine Dorf Ukunda und bewunderten einen mehr als 500 Jahre alten Baobab. Um den Baum herum wurden Schnitzereien angeboten. Ein Holzschnitzer hatte einen sehr schönen Massai Kopf, den ich bewunderte und nach dessen Preis ich fragte. Er sollte 30 Dollar kosten. Ich sagte dem Schnitzer, für den Preis wolle ich auch noch eine Frau dazuhaben. Er willigte ein und sagte, er könne die Frau gegen Abend fertig haben.

Als wir ihn später wieder aufsuchten, bekamen wir zwei kunstvoll geschnitzte Figuren. Für diese Arbeiten war es nur ein Spottpreis, aber der Schnitzer freute sich und schien voll zufrieden mit dem Handel zu sein.

Danach verbrachten wir noch sechs schöne Badetage am Indischen Ozean.

Mit diesen Erinnerungen versuche ich interessierten Lesern diesen wunderbaren Erdteil etwas näherzubringen. Wenn es sich teilweise wie eine Reisebeschreibung liest, liegt das an meinem Unvermögen, die starken Eindrücke in Worte zu fassen. Für mich ist Afrika in großen Teilen lebendige Natur in atemberaubender Schönheit. Diese ursprüngliche Natur ist aber nicht immer nur schön, sie kann auch karg und sogar nach meinem Gefühl brutal sein. Wüsten finde ich zum Beispiel bedrückend, kaum vorstellbar, dass dort Menschen ihr ganzes Leben verbringen. Unabhängig vom Schönheitsempfinden ist die Natur in Afrika in weiten Gebieten noch unbezwungen und vital. Daheim in Europa ist alles eine Kulturlandschaft bis hinauf zu den höchsten Gipfeln. Ich liebe auch meine heimische Landschaft, sie hat aber viel ihrer Ursprünglichkeit eingebüßt. In Afrika fügen sich sogar noch die Dörfer harmonisch in die Natur ein. Das gilt nicht für Städte, diese sind auf der ganzen Welt wie ein Geschwür, das die Natur überwuchert. Sicher haben auch Städte ihre eigene Schönheit, aber aus der Distanz betrachtet sieht man die Lebensfeindlichkeit, wobei in mir ein leichtes Ahnen vom Ende der Menschheit mitschwingt. Wenn man in Afrika in ungebundene Landschaft eintaucht, spürt man leichtes Bedauern darüber, dass man nicht mehr ganz dazugehört, und in den Genuss mischt sich ein Tropfen Traurigkeit.

Drei Jahre waren seit dieser Reise vergangen und ich sehnte mich erneut nach Afrika. Nach reiflichen Überlegungen kamen wir überein, eine Reise nach Südafrika zu buchen. Von Frankfurt flogen wir nach Kapstadt. Ein Freund gab den guten Rat, kein Geld zu tauschen, das könnten wir schon auf dem Flughafen in Kapstadt erledigen und dort wäre es sehr viel billiger. In Kapstadt war aber Feiertag und die Wechselstuben waren geschlossen. Der Taxifahrer lehnte meine Dollars ab, der Empfangschef im Hotel verstand wohl unsere

Schwierigkeit nicht und konnte oder wollte nicht helfen. Vor dem Hotel wartete der Taxifahrer auf Bezahlung. Eine junge Einheimische an der Garderobe fragte in vorzüglichem Englisch, was wir für Schwierigkeiten hätten. Sie borgte uns das Geld für den Taxifahrer und beschrieb den Weg zum nächsten Geldautomaten. Damit waren aber die Schwierigkeiten noch nicht ausgestanden. Meine Bankkarte verschwand in dem Automaten, aber weder kam Geld heraus noch kam meine Karte zurück. Ich wagte nicht den Geldautomaten mit meiner Karte zu verlassen. Der Taxifahrer beruhigte mich und war so freundlich die Bank anzurufen. Nach geraumer Zeit kam ein Bankangestellter und holte meine Karte aus dem Automaten. Ich war skeptisch, die Auszahlung erneut selbst zu versuchen, und ließ den Bankangestellten für mich den Automaten betätigen und es gelang ohne Schwierigkeiten.

Den Nachmittag hatten wir noch zur freien Verfügung und so besuchten wir den Kirstenbosch Botanischen Garten. Dieser Garten ist ein Juwel und war genau das Richtige zum Entspannen für mein Frauchen, die mitgefiebert hatte, aber auch für mich. Am zweiten Tag wurden wir mit einem kleinen Bus vom Shongololo Team abgeholt und fuhren Richtung Kap der Guten Hoffnung. An einem Strand mit einer großen Pinguinkolonie hielten wir und gingen vorsichtig an die Tiere heran. Wenn man sich an den Gestank etwas gewöhnt hatte, war das Gewusel lustig und die Tiere schienen an Besucher gewöhnt und ließen sich nicht stören. Über die Bucht konnte man in der Ferne Kapstadt sehen. Mittagsrast gab es in einem kleinen Hafen.

Vom Turm am Cape Point wanderten wir zum Kap der Guten Hoffnung und wurden tüchtig durchgepustet. Dann standen wir oben auf den Felsen und hatten nach rechts die Sicht auf den Atlantik und zur Linken zum Indischen Ozean. Mir wurde bewusst, noch weiter südlich war nur noch der Südpol. Auf der Rückfahrt hielten wir zu einem Stopp an der Küste mit einem schönen Blick auf Kapstadt und den Tafelberg. Abends gingen wir zur Waterfront nach Cape Town und speisten am Hafen sehr vornehm. Kleine dunkelhäutige Mädchen führten sehr anmutig einen Tanz auf. Nun hatten wir einen Tag zur freien Verfügung und besichtigten Teile der Stadt und das Regierungsgebäude. Wir liefen noch einmal durch den Botanischen Garten. In Kapstadt bewegten wir uns genauso frei wie in jeder anderen Großstadt in Europa.

Dann stand eine Ausfahrt durch die sogenannten Hottentottenberge an. Im Regen besichtigten wir das alte Universitätsstädtchen Stellenbosch und machten anschließend auf einem Weingut eine Weinprobe. Am nächsten Tag wanderten wir bei strahlendem Sonnenschein an der Steilküste des Indischen Ozeans entlang, liefen in einer einsamen Bucht zum Sandstrand hinunter und badeten im Ozean.

Nach diesen kleinen Ausflügen kam für uns die Hauptattraktion und es ging nun mit der Bahn weiter. Auf dem Bahnhof begrüßte uns das gesamte Serviceteam mit einem Lied. Von da an übernachteten wir im Schlafwagenabteil des Shongololo-Zuges. Wir verließen Kapstadt am späten Vormittag. Das Mittagessen gab es im Speisewagen und nachmittags einen Tee in der gemütlichen Lounge und im Aussichtswagen. Die erste Station war Muinzenberg. Hinten am Zug waren Transportwagen für die Safaribusse angehängt, die bei den Haltepunkten schnell entladen wurden, um Ausfahrten ins Umland zu unternehmen. An das Bahnfahren in der Nacht konnte ich mich schnell gewöhnen, morgens gab es dann im Abteil einen Early Morning Tea und gefrühstückt wurde anschließend ausgiebig im Speisewagen. In Port Elizabeth besuchten wir ein Delfinarium und danach den Addo Elephant Park, in dem wir aber keinerlei Elefanten, sondern Kuhantilopen sahen, die auch Red Hartebeest genannt werden. Bei einer anderen Ausfahrt sahen wir der Fütterung der gefährlichen Hyänenhunde zu und trafen auf ein Löwenrudel mit Jungtieren. Wir fuhren durch die Karo Halbwüste und besuchten eine Straußenfarm, wo mein Frauchen natürlich drei leere Straußeneier für ihre beiden Schwestern und uns erwarb, die wir dann auf der gesamten Reise pfleglich behandeln mussten. Dann kamen wir in die Drakensberge und machten dort eine ausgiebige Wanderung. So richtig wandern ist in einer größeren Gruppe schwierig, aber wir haben diesen Ausflug trotzdem sehr genossen. Im Zug und bei den Ausfahrten hatte sich uns ein etwas seltsames deutsches Paar angeschlossen. Sie waren mittleren Alters und schienen untrennbar, jedoch sie stritten laufend, machten einander Vorschriften und verwahrten sich dagegen. Uns gegenüber waren sie aber nett und verträglich. In der Hafenstadt Durban hielten wir uns etwas länger auf, wir besuchten den wunderschönen botanischen Garten und eine Vogelschau, gingen an den Strand und meine Liebste konnte im Indischen Ozean schwimmen, was sie schon etwas vermisst hatte. Bei der Weiterfahrt übernachteten wir für zwei Tage in einer Lodge im Hluhluwe Game Reservat. Von der Terrasse der Lodge hatte man einen herrlichen Ausblick über den Park. Dort sahen wir wieder viele Tiere, sogar ein Nyala. Während unsere einheimische Reisebegleiterin das Picknick vorbereitete, gingen meine Frau und ich auf einem Bohlenweg zu einen Beobachtungsstand. In einer Bretterwand, die zu dem Teich für die Tiere mit Büschen getarnt war, hatte man durch kleine Fenster eine gute Sicht. An einer Tränke waren Zebras und Gazellen versammelt und dann kamen zwei Nashörner dazu. Die Nashörner tranken etwas, legten sich einige Schritte vom Wasser entfernt nieder und räkelten sich im Matsch. Die

Nashörner schienen die anderen Tiere nicht zu stören.

Am zweiten Tag machten wir eine Safari zu Fuß. Wir mussten in einer Reihe laufen, jeder dicht hinter seinen Vordermann, voraus ging ein Ranger mit Gewehr und ein zweiter ging am Ende der Schlange. Diese Formation soll bei wilden Tieren den Anschein erwecken, die Menschenschlange wäre ein großes Tier. Bei einer Rast erzählte unser bewaffneter Begleiter, dessen Arm aufgeschabt und vernarbt war, ihn hätte ein Nashorn um einen Baum herum gejagt und er hätte in seiner Angst an der rauen Rinde des Baumes die Haut abgeschrammt. Wir bewunderten seine Armverletzungen gebührend. Ich hielt diese Auskunft für ein Touristenmärchen, aber ließ mir nichts anmerken.. Zu Fuß durch das freie Buschland zu gehen war ein ganz besonderes Erlebnis. Es war das Gefühl, ganz mit der Natur verbunden zu sein, im Auto ist man doch ein wenig isoliert. Nahe bei Giraffen zu stehen, an ihnen hinaufzuschauen und sich dabei recht klein zu fühlen, war eindrucksvoll. Danach kamen wir auch an eine Gruppe von Nashörnern heran. Als sich ein Tier von der Gruppe löste und in unsere Richtung antrabte, nahm der einheimische Begleiter sein Gewehr und entsicherte. Hatte das Nashorn das Entsichern des Gewehrs gehört? Jedenfalls bremste es ab und blieb stehen. Vorsichtig zogen wir uns zurück. Am Abend hatte ich dann in der Lodge ein längeres Gespräch mit unserem einheimischen Reisebegleiter über Ethnien, kulturelle Gebräuche, Naturschutz und schließlich über Weltpolitik. Er sprach ein wenig Deutsch und ein fließendes Englisch, jedenfalls sprach er besser Englisch als ich. Als wir mit dem Shongololo weiterfuhren, machten wir bei dem nächsten Halt eine Visite in einem traditionellen, historischen Zulu Dorf. Für die Besucher wurde ein traditioneller Tanz aufgeführt. Ich wusste, das war für Touristen arrangiert, und doch, es war für mein Gefühl auch noch eine kleine Ahnung des ursprünglichen Afrikas darin enthalten oder das, was meine Einbildung darin sah.

Am nächsten Tag hatten wir eine längere Anfahrt mit den Kleinbussen in das Königsreich Swaziland. Dem Anschein nach herrschten in diesem kleinen Königreich etwas bessere Lebensbedingungen als im

Umland. Die meisten Häuser waren aus Stein gemauert und verputzt, mit kleinen Vorgärten. Die Gegend wirkte fast schon europäisch.

Bei der nächsten Station stand der Krügerpark auf dem Programm. Auf den Krüger Nationalpark war ich schon sehr gespannt. Nun brachen wir frühmorgens mit Alan als Führer auf, um einen ganzen Tag im Park auf Pirschfahrt zu gehen. Wir beobachteten Kudus, verschiedene Affen und Giraffen. Einen Gelbschnabeltako sah ich zum ersten Male in Afrika. Wir gingen mit Alan sehr nah an zwei liegende Nashörner heran, die sich in ihrer Ruhe nicht stören ließen. Mir war es etwas mulmig, diesen Riesen so nah zu kommen. An einem Wasserlauf sahen wir Nilpferde und Krokodile. Nur die Elefanten, nach denen wir Ausschau hielten, hatten sich versteckt. Erst als wir aus dem Park wieder herausfuhren, brach ein Elefant durch die Büsche und schaute dem Auto nach.

Danach kam nun schon wieder das nächste Highlight. Mit Alan fuhren wir in die Drakensberge, machten dort Wanderungen, stiegen an Felsen empor, vorbei an Wasserfällen und konnten von dort weit in das Land schauen. Am nächsten Tag lief der Shongololo in Johannisburg ein. Wir hatten Anweisung, den Bahnhof nicht zu verlassen, bis wir zu den Kleinbussen geleitet werden konnten. Ein Mann aus unserer Reisegruppe hielt sich nicht daran und wollte vor dem Bahnhof fotografieren. Verzweifelt kam er zurück zur Reisegruppe. Ihm war seine Fototasche entrissen worden und erst später bemerkte er, dass ihm die Tasche seiner Hose aufgeschnitten war und seine Brieftasche mit Geld und Papieren fehlte. Dieser Raub wurde von der Polizei aufgenommen und verzögerte unser Programm, aber genützt haben wird ihm diese Polizeiaktion nicht. Ich kann diesen Vorfall kaum bewerten, es war der Leichtsinn eines Europäers. Bei einer Arbeitslosigkeit von über 50%, und zwar ohne staatliche Unterstützung, muss mit Ähnlichem gerechnet werden. Ich würde auch in auswegloser Lage versuchen, meine Familie nicht verhungern zu lassen. Andererseits kann ich den Leichtsinn des Geschädigten insoweit verstehen, da ich in Afrika in den Dörfern und sogar in den Armutsvierteln noch nie ein Gefühl der Bedrohung empfunden habe.

Wir machten einen Abstecher nach Soweto, besuchten einen Kindergarten und trafen eine der starken Frauen Afrikas, die sich dem Kampf gegen die Armut verschrieben haben. Afrika hat viele wunderbare und starke Frauen und ich hoffe, dass sich ihr Einfluss nach und nach weiter durchsetzt.

Die Reise mit dem Shongololo war damit zu Ende, auf uns wartete eins der großen Glanzlichter dieser Reise.

Wir flogen von Johannisburg zu den Viktoria Falls in Simbabwe. Die erste Überraschung war das Edelhotel im feinsten englischen Stil. In so einem feinen Hotel waren wir noch nie. Wir hielten uns nicht beim Staunen auf und liefen, kaum hatten wir das Gepäck abgelegt, in die Richtung, aus der ein Dunstschleier den Wasserfall ankündigte. Dann standen wir vor den Wassermassen, die hundert Meter tief in den Abgrund stürzten. Ein Nebel feinster Tröpfchen durchnässte uns, wir liefen aber an dem Abgrund weiter und staunten. Zurück im Hotel mussten wir sie nasse Kleidung wechseln und dann wurde sehr vornehm gespeist. Sogar getanzt haben wir noch am Abend, bevor wir in die vornehmen Betten schlüpften. Nach dem üppigen Frühstück gab es eine Führung zum Wasserfall. Wie staunten wir, als sich herausstellte, dass wir am Vorabend nur einen kleinen Teil dieses Naturwunders gesehen hatten. Über eine Breite von 1,7 Kilometern stürzt der Sambesi über 100 Meter in die Tiefe. Heute hatte sich sogar ein Regenbogen in der Gischt gebildet. Wir wanderten an den tosenden Wassern entlang bis zum Auslauf, wo eine Brücke die Schlucht überspannt, und konnten sehen, wie sich Personen an Gummiseilen von der Brücke in den tiefen Abgrund stürzten.

Am Nachmittag machten wir nach einem Besuch in einem Dorf in der Nähe eine Bootsfahrt auf dem Sambesi. Als unser Boot ziemlich nah der Kante kam, wo das Wasser in die Tiefe stürzt, war es ein unheimliches Gefühl, aber der Bootsführer steuerte gelassen zurück zum anderen Ufer, wo Krokodile sich am Ufer sonnten. Während unserer Bootsfahrt hatte sich die Sonne dem Horizont genähert und tauchte den Fluss in ein warmes Licht.

Vor unserem Rückflug musste meine Liebste natürlich zum Abschied im Swimmingpool ihre Bahnen ziehen. So ein Ende einer schönen Reise ist immer etwas zwiespältig, einerseits freuten wir uns auf unser schönes Heim, andererseits schieden wir von so vielen freundlichen warmherzigen Menschen, denen wir begegnen konnten, und von einem grandiosen Erdteil.

Nach dieser Reise bin ich noch einmal mit meinem Schwager diesem Kontinent nahegekommen. Wir flogen nach Jerusalem und machten eine Israelrundreise. Im Grunde passt diese Reise nicht in den großen Zusammenhang, denn Israel grenzt zwar nicht an Afrika, aber die arabische Halbinsel stößt mit dem Roten Meer an die Küste Afrikas. Für mich gehört Israel rein gefühlsmäßig mehr zu Europa als zur arabischen Welt, während die arabische Welt für mich zu Afrika zählt. Sollte das allgemein zutreffen, könnte das mit ein Grund für die gefährlichen Spannungen in dieser Region sein.

Die Sondersituation von Israel bekamen wir schon auf dem Flugplatz in Hannover zu spüren. Auf uns wartete ein getrennter

„Check In“ unter Beobachtung bewaffneter Soldaten. Es gab eine Leibesvisitation, ausführliche Fragebögen und das Gepäck wurde ausgepackt und untersucht. Der Weg zum Flugzeug war dann durch einen gepanzerten Wagen gesichert. In Jerusalem sah man zwar auch noch Soldaten, aber die Kontrollen waren normal. Bei einem Stadtbummel fiel mir dann auf, wie viele blonde Personen in den Straßen waren, mir schien, es waren mehr als in Deutschland. Wir besuchten die Klagemauer, wo viele schwarzgekleidete Männer mit charakteristischen Bewegungen ihre Gebete verrichteten. Unsere Fremdenführerin, die direkt hinter mir stand, fragte eine Frau neben ihr: „Könntest du dir vorstellen, mit so einen ins Bett zu gehen?“ Ich fand das etwas geschmacklos und warf einen missbilligenden Blick zurück. Dieselbe Dame fragte mich dann in der Gedenkstätte Yad Vashem, ob ich als Deutscher nicht sehr beschämt wäre. Ich erwiderte, ich schämte mich als Mensch, dass Menschen anderen Menschen so etwas antun könnten, das ginge ihr doch wohl auch so. Ihre Reaktion zeigte mir dann, dass sie mich wohl nicht richtig verstanden hatte. Wir besuchten auch die

Grabeskirche im palästinensischen Teil. Auf mich machte sie einen sehr düsteren Eindruck, abgesehen von dem dichten Gedränge, durch das man vorwärts geschoben wurde. Menschen, die in und für die Religion leben, sehen wahrscheinlich alles mit anderen Augen. Mich interessierten mehr das jetzige Israel und die Probleme, die sich aus der künstlichen Trennung der verschiedenen Volksgruppen ergeben. Auf dem Basar in Jerusalem kam ich mit einem alten Palästinenser ins Gespräch, wir tranken Tee und unterhielten uns zwei Stunden lang über Weltpolitik und über Möglichkeiten eines friedlichen Zusammenlebens. Er sagte, wenn Israelis lernen, dass Palästinenser Menschen seien, dann werde noch alles gut.

Am nächsten Tag machten wir eine Fahrt bis zur Grenze an den Golanhöhen, besuchten einen Kibbuz und badeten auf der Rückfahrt im Toten Meer. Richtig schwimmen kann man im Toten Meer nicht, man liegt viel zu hoch im Wasser, das Baden macht aber ein großes Vergnügen. Auch darf man sich nicht zu lange im Wasser aufhalten, weil man dann dehydriert.

Bei einem Aufenthalt in Tel Aviv hatte ich in den Straßen ebenfalls das Gefühl daheim in Europa zu sein. Die Hochhäuser kommen nah an den sauberen Strand heran. Die Geschäfte, die Menschen, kaum sieht man arabische Attribute, das alles hätte ich mir auch als eine europäische Küstenstadt vorstellen können. Beim Rückflug wurden wir nicht mehr so gründlich untersucht.

Unsere letzte Afrikareise führte uns nach Gambia, an die Westküste Afrikas. Gambia ist der kleinste Flächenstaat in Afrika und wird vom Senegal umschlossen. Wir kamen in der Nacht im Hotel an und wurden schon morgens um 6 Uhr zu einer Rundreise abgeholt. Mit dem Bus mussten wir gleich auf einer klapperigen Fähre den Gambiariver überqueren. Auf der Fähre herrschte dichtes Gedränge von Einheimischen.

Unser Reiseführer sprach ausgezeichnet Deutsch, und da kein Dialekt zu erkennen war, fragten wir ihn, wo er in Deutschland die Sprache erlernt hätte. Seine Antwort war verwunderlich, er war nie in Deutschland gewesen und unsere Sprache hätte er von einer Bekannten und von einer

Schallplatte gelernt. Er sprach nach seiner Auskunft sieben Sprachen und noch einige einheimischen Dialekte. Die Landessprache ist Wolof, von der sich meine Liebste gleich einige Worte aneignete, was uns später wieder sehr helfen sollte. An Wildtieren ist Gambia nicht so reich gesegnet, einige Antilopen, die schöne weiß gestreifte Schirrantilope, Warzenschweine und Warane, das war es dann. Wir besuchten Dörfer, und als unser netter Reiseführer krank wurde und Fieber bekam, konnten wir ihm mit unserer Reiseapotheke helfen. Als wir in einer Lodge übernachteten, konnte ich mit meiner Frau ein Dorf besuchen, wo wir sehr herzlich empfangen wurden. Die Dorfbewohner hatten sich wohl für eine Feierlichkeit versammelt. Auf einem großen überdachten Platz standen Bänke. Frauen und Kinder standen in kleinen Gruppen und palaverten, im Hintergrund saßen alte Männer zusammen. Wir wurden gebeten Platz zu nehmen. Kaum hatten wir uns niedergelassen, da wurden wir von den Kindern belagert. Ein kleiner Junge, der sich gleich auf den Schoß meiner Frau geschoben hatte, untersuchte ihre Finger, schaute seine Finger an und fing an zu lachen, dann strich er über das glatte Haar meiner Frau, griff in sein Kraushaar, fand das auch sehr lustig, stellte dann fest, dass meine Frau eine längere Nase verglichen mit seiner Stupsnase hatte und dann untersuchte er die Ohren. Die Druckknöpfe der Jacke meiner Frau wurden entdeckt und ein Trupp Kinder wetteiferte darum, sie auf- und zuzumachen. Der kleine anhängliche Junge wollte meiner Frau sogar sein gerade erst selbst erhaltenes Bonbon schenken. Ich entging der Belagerung auch nicht, wurde betastet und begutachtet und ein kleines niedliches Mädchen schmiegte sich an mich und wollte auf meinem Schoß sitzen. Erwachsene ermahnten die Kinder, uns nicht zu sehr zu bedrängen. Die Frauen sangen ein Lied und freuten sich, als wir mit einstimmten. Danach wurde getrommelt und auf einem Holzinstrument so etwas wie eine Melodie angestimmt und die Frauen fingen an zu tanzen. Wir wurden aufgefordert mitzutanzen. Mein Frauchen ließ sich nicht lange bitten und tanzte mit den Frauen, und die Kinder waren begeistert. Als wir das Fest verließen, wurden wir noch ein kleines Stück von Kindern begleitet, die uns an der

Hand halten wollten, das Problem war, wir hatten jeder nur zwei Hände und es waren sicher dreimal so viele Kinder. Am Rand des Dorfes schickten wir die Kinder zurück.

Wir waren in einem guten Hotel an der Atlantikküste abgestiegen mit einem schönen Garten voller Vögel. Das Baden im Meer war wegen hoher Wellen etwas schwierig, durch starke Strömung konnte man nur bis zum Bauch hineingehen. Im Hotel konnte man sich ein Bodybrett ausleihen, um auf den Wellen zu gleiten.

An einem Tag machten wir eine Bootsfahrt zur Mündung des Gambiarivers, um Delphine zu beobachten, und wir hatten das Glück, dass über zwanzig Tiere unser Boot ein Stück begleiteten und ganz nah neben uns aus dem Wasser sprangen. Wir fuhren dann noch in einen Mangrovendschungel. In dem Schlick zwischen den Wurzeln huschten Krebse herum und Reiher standen am Ufer der Wasserrinne.

Zu dem Hotel gehörte auch ein Observatorium, in dem ein sehr gebildeter einheimischer Hobbyastronom uns Saturn mit seinen Ringen und den Jupiter mit seinem

Mond Titan zeigte. Der Himmel war herrlich klar und Orion war ganz toll zu sehen. Leider war es nicht die Jahreszeit für das Kreuz des Südens. Es war ein großes Vergnügen sich mit diesem Astronomen zu unterhalten, er kannte sich in den neusten Forschungsergebnissen und Theorien aus und konnte sie kritisch hinterfragen.

Meine Frau war mit mir ins Zentrum von Banjul gegangen, um dort im Postamt mit unserem Sohn daheim zu telefonieren. Ich schlenderte zwischen Schaufenstern und Buden durch die Menge. Es kann sein, dass ich zwei junge Frauen bewundernd angesehen habe, denn als ich an ihnen vorbei ging, sagte eine der Frauen zu mir in Englisch: „Magst du mich?“ Ich war etwas verdutzt und sagte: „Ihr beide seid sehr schön.“ Sie trat etwas näher und sagte leise: „Du kannst mich haben.“ Das ging mir nun zu weit und ich erklärte ihr: „Ich bin verheiratet und meine Frau ist auch sehr schön.“ „Das macht nichts, du kannst mich ja als Zweitfrau haben“, erwiderte die jugendliche Schöne. Ich ging etwas auf Distanz und sagte: „Meine Frau würde dir die Augen auskratzen“, und ging langsam weiter. Als ich das meiner Frau ein wenig später erzählte, hat sie sich darüber sehr amüsiert. Ehrlicherweise muss ich sagen, dass Afrika nach meinem Geschmack die schönsten und anmutigsten Frauen hervorgebracht hat, mein Frauchen muss ich dabei ausnehmen.

Das Lachen verging meiner Frau, als sie kurze Zeit danach allein eine Strandwanderung machte. Zwei junge Einheimische verfolgten sie und boten sich ihr als Liebhaber an. Prostitution ist in Gambia zwar verboten, aber bei der Armut findet sie natürlich dennoch statt. Wir hatten bereits viele ältere Europäerinnen mit jungen Gambiern gesehen. Die beiden jungen Männer sprachen Englisch mit meiner Frau, und sie tat so, als würde sie sie nicht verstehen. Daraufhin versuchten sie es mit Deutsch, und da meine Frau keine italienischen Touristen beobachtet hatte, sagte sie in fürchterlichem Englisch: „I do not understand, I am Italian." Daraufhin versuchten sie nonverbal zu ihr Kontakt aufzunehmen. Nachdem meine Frau sich als Überraschungsangriff umgedreht hatte und in Kauderwelsch auf die beiden eingeschimpft hatte, trollte sich einer der Männer. Den anderen jungen Mann wurde sie erst los, nachdem sie einen Einheimischen um Hilfe gebeten und erklärt hatte, sie sei eine verheiratete Frau und die Gambier würden auch nicht wollen, dass ihre Frauen von anderen Männern belästigt würden. Daraufhin schied der potenzielle Liebhaber, verabschiedete sich aber artig mit Handschlag von meiner Frau.

Als ich morgens aus dem Hotelfenster schaute, breitete ein großer schlanker Mann eine Decke im Hotelgarten aus und stellte darauf seine Schnitzereien zur Schau. Nach einiger Zeit hatten sich noch keine Interessenten eingefunden. Er tat mir etwas leid, weshalb ich in den Garten ging, um die Schnitzereien anzuschauen. Ich fragte nach dem Preis eines Elefanten und begann mit dem Mann zu handeln. Da ich eigentlich nichts mehr kaufen wollte, nannte ich ihm dann die Hälfte des zuletzt genannten Preises und wollte wieder in das Hotel gehen. Da lief der Mann mir mit dem in Zeitungspapier gepackten Elefanten nach und akzeptierte mit traurigem Gesicht den halben Preis. Ich sagte ihm, ich müsse erst Geld holen. Als ich zurückkam, wartete er auf mich und ich gab ihm das doppelte des ausgemachten Preises. Da nahm er mich vor Freude in seine Arme und bedankte sich sehr.

Das Hotel wurde bewacht, in der Nacht sogar von drei Polizisten, die abwechselnd eine Kontrollrunde gingen. Tagsüber hatte dann einer der Männer Dienst. Ich kam mit einem der Männer ins Gespräch, er sprach ausgezeichnetes Englisch. Wir hatten mehrere gute inhaltsreiche Unterhaltungen und dann lud er uns als große Ehre ein, ihn daheim bei seiner Familie zu besuchen. Da den Bewachern persönlicher Kontakt mit Gästen untersagt war, mussten wir uns außerhalb des Hotels treffen. Es wurde eine abenteuerliche Fahrt in einem überfüllten einheimischen Taxi. Ousman, so hieß unser Bekannter, wohnte in der Hauptstadt Banjul. Wir fuhren durch die Innenstadt, in der ein reger Betrieb herrschte. Gutgekleidete Frauen in beeindruckender Schönheit flanierten in Gruppen durch die oft staubigen Straßen. Ousman wohnte in einer kleinen Straße, in der viele kleine Hütten in einer Reihe aneinander gebaut waren. Wir wurden erst einmal allen greifbaren Nachbarn und Freunden vorgestellt. Von seiner Frau wurden wir sehr freundlich begrüßt und hereingebeten. Ousmans Frau war eine Lehrerin für Kunsthandwerk und Ousman hatte bei der herrschenden Arbeitslosigkeit von 70% immerhin eine Anstellung im Tourismusgewerbe. Mit drei Kindern gehörte also Ousmans Familie damit zur gehobenen Mittelschicht. Die Hütte bestand aus zwei kleinen Räumen. In dem ersten standen zwei uralte Sessel, in denen wir natürlich Platz nehmen mussten, und an einer Wand ein Bücherbord und ein Kasten als Tisch. In dem anderen Raum war ein großes Bett für die ganze Familie und darauf lag die sauber gestapelte Wäsche. Da die Hütten aneinander grenzen, ist kaum ein echtes Privatleben möglich. Ousmans Frau Fatima war sehr freundlich und herzlich. Sie erzählte von ihrem Alltag. Alles Einkommen der kleinen Familie musste aufgewendet werden, um den Kindern eine gute Schulbildung zu ermöglichen. Nach der Grundschulzeit war das sehr kostspielig, und sollte einmal eine Monatsrate nicht aufgebracht werden können, wurde der Unterricht sofort eingestellt. Ein Freund Ousmans brachte uns in seinem Auto zurück zum Hotel.

Ich habe mich oft gefragt, wie sehen uns Afrikaner. Zum einen gibt es die geschichtliche Sicht, die für uns weiße Europäer kein Ruhmesblatt ist. Nun habe ich zum Glück als später Geborener nur bedingt Anteil an Verbrechen meiner Vorfahren, so wie mich auch die Verbrechen der Nationalsozialisten zwar bedrücken, aber nicht in Verantwortung nehmen können. Dann gibt es den zivilisatorischen Vorsprung mit dem positiven und negativen Erscheinungsbild und auch noch die Arroganz, mit der sich Afrikaner oft konfrontiert sahen. Ich stelle mir ihre Sicht auf Europäer ähnlich vor wie mein Vorurteil gegen europäischen Adel. Gefühlsmäßig kann ich es nicht akzeptieren, dass sich Adlige als etwas Besonderes betrachten, und selbst wenn sie es nicht tun sollten, ich habe das Gefühl, dass sie es tun, und das bringt mich gegen sie auf, vielleicht fühlen Afrikaner ähnlich. Wir kommen eben nicht ohne Vorurteile aus. Vorurteile sind lebensnotwendig, um sich schnell und unreflektiert zu orientieren, es kommt nur darauf an, wie sehr man bereit ist, kritisch damit umzugehen und sie zu revidieren. So betrachtet sollte Rassismus für beide Seiten kein Problem darstellen.

In kommenden Jahren kamen aus Afrika beunruhigende Nachrichten. Es waren dort blutige Aufstände mit Flucht und Vertreibung, in vielen Regionen herrschte große Hungersnot. Das Geld der Hilfsorganisationen reicht nicht mehr aus. Der Krieg in der Ukraine unterbricht und vernichtet notwendige Getreidelieferungen. Immer mehr Afrikaner versuchen in ihrer Verzweiflung nach Europa zu gelangen. Kriminelle Schleuser nehmen ihre letzte Habe und unzulängliche Schiffe und Schlauchbote geraten vollgestopft im Mittelmeer in Seenot. Es ist kaum noch zu zählen, wie viele Menschen im Mittelmeer ertranken, man will es wohl auch nicht so genau wissen. Die wohlhabenden Länder haben Angst, die Zahl der Flüchtenden könnte zu groß werden. Hilfsorganisationen bemühen sich Menschen zu retten und die größten Nöte zu lindern, doch Hilfe macht auch abhängig. Eine bessere Zukunft afrikanischer Länder kann nur von Afrikanern geschaffen werden. Meine Hoffnung sind die starken Frauen Afrikas, wenn sie sich erst einmal von den patriarchalischen Zwängen aus ihrer Geschichte befreit haben. Die größten Lasten haben sie schon immer tragen müssen. Zu wünschen ist, dass sie selbstbewusst die Geschicke der Menschen in ihre Hand nehmen. Von den westlichen Staaten wünsche ich, dass sie solidarische Hilfe leisten beim Aufbau von humanen Strukturen und Zukunftstechnologien und ihre Unterstützung nicht herrschenden Autokraten zukommen lassen. Das sind Wünsche, die leider von der herrschenden Realität weit entfernt sind.

Mit meiner Frau habe ich die ganze Welt bereist, aber in der freien Landschaft Afrikas habe ich mich am wohlsten gefühlt. Mit einem Wohnmobil haben wir fast alle Länder Europas gesehen, vom äußersten Süden bis zum Polarkreis, von der Atlantikküste bis zu den Baltischen Staaten. Wir waren in Slowenien und Kroatien. Geflogen sind wir nach Russland und Georgien, wir waren in China und Indien, in Neuseeland, in Südamerika in mehreren Ländern, in den USA von Küste zu Küste und in Kanada. Nun ist meine Frau leider nicht mehr mobil und wir schaffen gerade noch kleine Urlaubsreisen in Deutschland. Wie gern möchte ich noch einmal Afrika wiedersehen. Dem stehen aber gewichtige

Gründe entgegen. Mein Frauchen kann diese Reisen aus gesundheitlichen Gründen nicht mehr antreten. Die Risiken einer Afrikareise haben sich auch verschärft, in gesundheitlicher und politischer Sicht und nicht zuletzt ist unsere Welt in eine Situation geraten, wo selbst kleinere Belastungen der Umwelt von unseren Nachkommen teuer bezahlt werden müssen. Ein Flug nach Afrika ist eine Umweltbelastung und lässt sich nur schwer mit dem Kampf zur Erhaltung unserer Biosphäre vereinbaren. Das ist zumindest für mich ein gewichtiger Grund auf lange Flüge nur zum Vergnügen zu verzichten.

Weitere Bücher von Karl-Heinz Haselmeyer

Elitefrauen

Der Roman befasst sich mit dem Phänomen der Zeit verpackt in eine spannende Geschichte. Ein Team von Astronautinnen bricht zu einer Reise ins Universum auf, bei der laut Plan erst die nächste Generation die Erde wieder erreichen kann. Unerklärliche Zeitphänomene ändern alle Reisepläne. Als das ursprüngliche Frauenteam, kaum gealtert, wieder zur Erde zurückkehrt, sind Jahrhunderte vergangen und die Menschheit befindet sich durch technische Verselbstständigung im Niedergang. Durch den Einsatz der Frauen können die Gefahren, die der Menschheit drohen, abgewendet werden. (Amazon Deutschland, 2017)

Das Fenster zur Evolution

Abenteuer in einer unberührten Natur. Nach einer Umweltkatastrophe existieren die Überlebenden in isolierten Städten und werden kybernetisch mental reguliert. Die Umwelt ist für Menschen tabu. Zur Vorbereitung einer Raumfahrt wird eine Versuchsperson ungeregelt in die Tabuzone gesandt, macht Erfahrungen mit der für ihn neuen Selbstständigkeit und erlebt die von Menschen verschonte Natur. Er muss sich mit wilden Tieren und den Naturgewalten auseinandersetzen und lernt andere Lebensformen sowie Affen kennen, dich sich unabhängig von den Menschen weiterentwickelt haben. (Amazon Deutschland, 2017)

Uropageschichten

Der Urgroßvater erzählt seinen Enkeln von seiner Kindheit und Jugend in der Kriegs- und Nachkriegszeit in Göttingen. Ein warmherziges Jugendbuch, das auch für Erwachsene interessant ist.(Amazon Deutschland, 2017)

Symbiose

In der Gesellschaft nimmt die Tendenz zur Selbstoptimierung zu. Was hat das für Auswirkungen auf die Persönlichkeit und die menschlichen Beziehungen, wenn ein Mensch durch die Symbiose mit technischen Objekten eine enorme Gedächtniskapazität und eine hervorragende Denkfähigkeit bekommt? In diesem Science Fiction setzt sich Karl-Heinz Haselmeyer kritisch mit den wachsenden Möglichkeiten der Medizin auseinander. (Amazon Deutschland, 2018)

Terroristen

Was wäre, wenn es einer Terrororganisation gelänge, die Herrschaft über den Erdball zu erringen? Könnte man dann dem Ideal der Gewaltlosigkeit treu bleiben oder wäre es nicht Pflicht, sich mit allen Mitteln zu wehren?

Ein junger Gotteskrieger bereist die Erde auf der Suche nach Naturschönheiten und kommt dabei mit den unterdrückten Menschen in Berührung. Er verliebt sich in eine Wildhüterin im Yellowstone Park. Als er erfährt, dass der Beherrscher der Erde eine vernichtende Eruption im Park auslösen und damit wohl alle Bewohner des gesamten Kontinents vernichten will, kämpft er gemeinsam mit den Bewohnern für ihre Rettung auch um den Preis der eigenen Vernichtung.(Amazon Deutschland, 2018)

Der verbotene Planet

Expeditionen zu einem erdähnlichen Planeten scheiterten unter seltsamen Umständen und endeten in einer Katastrophe. Der Planet wurde unter Quarantäne gestellt und jegliche Landung verboten. Die Besatzung eines havarierten Raumschiffes muss auf diesem Planeten notlanden. Die Überlebenden werden von einem Raumkreuzer gerettet.

Das Rettungsraumschiff gerät anschließend insbesondere durch eine mysteriöse Krankheit in Schwierigkeiten. Unter großen Verlusten kann das Geheimnis des verbotenen Planeten geklärt werden.(Amazon Deutschland, 2019)

Interaktiv

Ein Fachmann der „Künstlichen Intelligenz" schildert den Versuch, der Leistung des menschlichen Gehirns nahe zu kommen, und erzählt von den damit verbundenen Problemen. Im Zwiegespräch mit der geschaffenen Apparatur werden wissenschaftliche Themen aus der Teilchenphysik und der Kosmologie sowie zivilisatorische Entwicklungen angesprochen. In kurzer Zeit ist der Rechner seinen Schöpfern überlegen, kann von ihnen nicht mehr kontrolliert werden und geht eigene Wege, was seinen Betreuer in große Schwierigkeiten bringt. (Amazon Deutschland, 2019)

Eisige Höhen

Bei einer unheimlichen Begegnung wird ein normaler Bürger durch Drogen aus seinem einfachen Leben gerissen. Er wird ein gefühlloser Karrierist, dem ein schneller Aufstieg in der politischen Gesellschaft vorgezeichnet ist. Zu spät merkt er, dass er ein machtloses Werkzeug in den Händen einer Verschwörung ist. Vorsichtig versucht er sich daraus zu befreien. Als die Verschwörung aufgedeckt wird, gilt er zunächst als Hauptverdächtiger, wird aber teilweise rehabilitiert. Was bleibt, sind Scham und Sehnsucht nach seinem einfachen Leben.(Amazon Deutschland, 2020)

Homunkulus

Die alte Geschichte des synthetischen Menschen wird unter modernen Aspekten aufbereitet. Im Vordergrund stehen die Fragen: Was ist Leben und wie ist ein Bewusstsein mit der Erkenntnis und der Intelligenz verknüpft, aber auch, welchen Platz haben Gefühle in diesem Zusammenhang? Fragen, die sich bei weiterem Fortschritt der IT-Forschung wohl einmal stellen könnten. Das geschaffene technische Wesen ist nach kurzer Entwicklungszeit seinen Schöpfern intellektuell überlegen und entgegen allen Erwartungen entsteht eine wechselseitige enge gefühlsmäßige Bindung.(Amazon Deutschland, 2020)

Genderfrei

Nur wenige Menschen konnten einer irdischen Katastrophe entfliehen und leben in einer Höhle hundert Meter unter der Mondoberfläche. Sie suchen einen Neuanfang, ohne in die verhängnisvollen Fehler der Vergangenheit zurückzufallen, die fast zur Vernichtung der Menschheit geführt hatten. Da Sprache das Bewusstsein formt, sollen alle Diskriminierungen im Sprachgebrauch abgeschafft werden. In genderfreier Sprache werden die Nöte und Zwänge der Überlebenden geschildert, denen nur ein Ausweg bleibt, sie müssen versuchen die zerstörte Erde neu zu besiedeln.(Amazon Deutschland, 2020)

Habilitation

In Form einer wissenschaftlichen Habilitationsarbeit wird geschildert, wie nach einer Klimakatastrophe die Manipulationen an der Keimbahn von Menschen mit dem Ziel einer höheren Hitzetoleranz zu einer neuen Spezies führten. Die gezüchteten Thermophilen vermehrten sich stark und es entstanden Probleme des Zusammenlebens. Nach Versuchen, die Venusatmosphäre zu reinigen und die Temperatur dort zu senken, wurden die Thermophilen ausgesiedelt.(Amazon Deutschland, 2021)

Kontakt

Auf der Suche nach außerirdischem Leben stoßen Wissenschaftler auf Signale, die sich von natürlichen abgrenzen lassen. Versuche, diese Signale zu entschlüsseln, scheitern. Ähnlichkeiten mit dem genetischen Code bringen Forscher dazu, die Signale biochemisch in Materie zu überführen. Diese Versuche münden in eine Katastrophe und müssen gewaltsam beendet werden.(Amazon Deutschland, 2021)

Thomas

Die Innen- und Außenwelt eines kritischen Realisten wird gespiegelt in einem Zeitraum von achtzig Jahren. Das Symbol der geistigen Auseinandersetzung ist der „ungläubige Thomas". Zeitgeschehen, Geschichte und Reflexionen wechseln in bunter Folge. Eine sehr persönliche Geschichte. (Amazon Deutschland, 2021)

Bildet Sprache Bewusstsein?

Die künstliche Nachbildung eines neuronalen Cortex ist ein Quantensprung in der digitalen Datenverarbeitung. Damit taucht die Frage auf: kann sich in einem elektronischen Schaltkreis Bewusstsein entwickeln? Eine Arbeitsgruppe in dem Forschungszentrum geht dieser Frage nach. Der Satz: Sprache prägt das Bewusstsein erweist sich als eine falsche Fährte.(Amazon Deutschland, 2021)

Geschenkte Gedanken

Ein Studium an einer Eliteuniversität in den USA und ein Großvater, der die weltanschaulichen Gespräche mit seinem Enkel vermisst und ihm seine Gedanken per E-Mail weiterhin mitteilt. Der Student aus Deutschland findet die Frau seines Lebens und einen guten Freund, aber mit seinem Großvater bleibt er auch in der Ferne eng verbunden. (Amazon Deutschland, 2021)

Gier

Ein von Gier getriebener erfolgreicher Geschäftsmann schildert auf dem Krankenbett seinen Aufstieg und seinen selbstverschuldeten Absturz. Selbst seine schlimmen Erfahrungen können nicht verhindern, dass er später wieder den Verlockungen der Gier erliegt.(Amazon Deutschland, 2021)

Nachwelt

Es ist nicht gelungen die Biosphäre zu stabilisieren, die Menschen mussten sich als letzten Ausweg aus der Natur zurückziehen. In ihrem selbst erwählten Ghetto verlieren sie sich immer mehr in eine imaginäre Traumwelt. Ein junges Paar möchte sich dieser Entwicklung entziehen und bricht auf in eine menschenleere geschädigte Welt. (Books on Demand Norderstedt 2022)

Der Traum von der Zelle

Ein Blick in die nahe Zukunft, in der die emissionsfreie Energieproduktion die Umweltprobleme nicht nachhaltig beheben konnte. Viele Menschen verlieren ihre Lebensgrundlage und strömen in Gebiete, die noch nicht so stark betroffen waren. Dadurch entstehen gefährliche gesellschaftliche Entwicklungen. Ein Wissenschaftler entwickelt eine Methode, um das Schmerzempfinden abzuschalten. Als er sieht, dass seine Erfindung missbraucht werden kann, versucht er auf die Gefahren hinzuweisen, In seinen Vorlesungen erregt er Aufsehen und Widerspruch. (Books on Demand Norderstedt 2022

Grenze der Vollkommenheit

Durch einen Kontakt mit einer interstellaren Intelligenz gerät für einen großen Teil der Menschheit das Leben in andere Bahnen. Begriffe wie Persönlichkeit, Intelligenz und Subjektivität müssen neu definiert werden. Mit einem zweiten Kontakt einer unbekannten Existenzform wird alles bisherige Leben in Frage gestellt. (Books on Demand Norderstedt 2022)

Bunkerleben

Vor einem Angriff mit atomaren Waffen können nur wenige Menschen in sicheren Bunkern Schutz suchen.

Ist in einem Bunker ein Überleben möglich oder ist der Aufenthalt tief in der Erde nur ein verlängertes Sterben? Scheinbar in Sicherheit, zeigt sich, wie sehr der Mensch mit seiner Umwelt verbunden ist.

Im Bunker entstehen menschliche Interaktionen, Menschen sind sehr adaptionsfähig, Isolation und Platzmangel können den Überlebenswillen nicht brechen. Aber die Nahrungsvorräte und künstlich erzeugten Nahrungsergänzungsstoffe reichen nicht aus. Es bleibt nur im Bunker zu verhungern oder ihn zu verlassen. (Books on Demand Norderstedt 2022)

Der Bärentöter

Eine bäuerliche Sippe der Eisenzeit war mit der Geschichte ihrer Vorfahren eng verbunden. In den Erzählungen der Ältesten führten sie ihre Herkunft auf einen steinzeitlichen Jäger zurück und erzählten von Jagden auf Tiere der Frühzeit wie Mammut und Höhlenbär, die längst ausgestorben waren. Ein spannendes Buch, das auch für Jugendliche interessant ist. (Books on Demand, Norderstedt 2022)

Der Hausmeister

Die Erderwärmung hat bei steigendem Meeresspiegeln zu großen Landverlusten geführt, und da außerdem in anderen Zonen durch ausbleibenden Regen fruchtbare Böden in Wüsten verwandelt wurden, ist weltweit die Nahrungsmittelproduktion eingebrochen. Große Teile der Weltbevölkerung mussten ihre Wohngebiete aufgeben und hungern. In dieser Notsituation haben radikale nationalistische Tendenzen in den noch bewohnbaren Gebieten starken Auftrieb erhalten und sich zu militanten

Gruppen zusammengeschlossen. Neben den bedrohten Lebensbedingungen der Menschheit geraten auch die demokratischen Freiheiten der Menschen durch Terror und Angst in Bedrängnis. Ein junger Journalist, der sich für die Demokratie einsetzt, gerät in den gefährlichen Fokus der Nationalisten. (Books on Demand Norderstedt 2023)

Der Flug der Eule

Gedanken zwischen Erinnerung und aktuellen Ereignissen. Kann das helfen, sich dem Unbegreiflichen anzunähern? Im Vergangenen sollte der Samen für Zukünftiges zu finden sein. Was bleibt, ist Ratlosigkeit. (Books on Demand Norderstedt 2023)

Zwei Welten

Um die Existenz der Menschheit zu sichern, wird eine tiefgreifende Trennung eingeführt zwischen Menschen, die sich vermehren dürfen, aber auf jede Technik verzichten müssen, und Menschen, die auf Nachwuchs verzichten, dafür die technische Welt genießen können. In der technischen Welt konnte sich durch eine Kreislaufwirtschaft ohne Energieprobleme die digitale Welt voll entfalten. Aus der ärmlichen Welt wurden nach der Schulbildung junge Menschen nach einer Sterilisation in die Welt der Hightech und des Wohllebens aufgenommen. (Books on Demand Norderstedt 2023)

Begreifen

Mit den Sinnen erfassen, vergleichen, integrieren und in das bestehende Weltbild einordnen, alles das ist in dem Wort „Begreifen“ enthalten. Aber unser Weltbild ist sehr begrenzt und Vieles, was wir als Information aufnehmen, sprengt unsere Maßstäbe und widerstrebt dem kritischen Verstand. Wir nennen es Wunder. Wunder müssen nicht, aber können hinterfragt werden. Wichtig ist, das wir Wunder wehen und nicht darüber hinweggehen. . (Books on Demand Norderstedt 2023)

Nennt mich aus Gewohnheit KI

Künstliche neuronale Netzwerke haben einen ganz speziellen Reiz. Bleibt das, was wir KI nennen, ein Werkzeug oder können wir Menschen einmal ein Werkzeug digitaler Vernunft werden? In einer Zeit, in der sich abzeichnet, dass die Menschheit den von ihr geschaffenen Problemen nicht gewachsen ist, ist das ein verführerischer Gedanke. . (Books on Demand Norderstedt 2024)

Lieber Gott, mach mich fromm, dass ich in den Himmel komm

Das Buch handelt von der Suche eines Agnostikers nach dem Verständnis für religiöse Glaubensinhalte. Im Hintergrund steht die Frage, was leisten die drei mosaischen Religionen bei der Lösung der Probleme unserer heutigen Welt. (Books on Demand Norderstedt 2024)

Herstellung und Verlag: BoD – Books on Demand, Norderstedt
ISBN: 9783758367403